信仰書店

向光鳥人的夢遊詩紀

陳依文

鳥人出走了。鳥人游走於人世邊緣與白日夢之間，懷抱著清透的冷漠、熱烈的好奇、震顫的思緒，及一份脆薄易裂的寬容。

這鳥人是逸辰的一部分，是從他心靈紛繁複雜的世界裡被賦形、誕生的一名探索者，隨著他對執筆的迷戀與日漸的嫻熟，血肉構築、性格生成，頂著巨大頭顱的純白鳥人逐步靈活、具體地浮現出來。我認為，在本書的精巧設計下，作為詩和故事互相包夾補全、洋蔥般層層疊疊的異想世界探險記，委實毋需多餘的他序來畫蛇添足。然而，作為見證了鳥人初始變異過程、目睹曾經的少年一頭栽進詩途的旁觀者，不得不被逼供似地寫下這篇序。

十年前，我剛從台大畢業，前去東吳任教。初次踏上大學現代詩的講堂，我是台上的新鮮人，逸辰是台下的新鮮人。沒多久，隨著第一份私人的新詩習作遞上來，在簡略指點下，我看著逸辰反覆練筆、修枝剪葉，很快洗去生澀，漸漸嶄露頭角。從模糊到明晰，他開始演練個人的宇宙，添補顏色、塑造語法，我看著他打開那一扇門，捅破了詩與心靈之間的那層窗紙……位在他之中的鳥人從殼裡探出頭，伸出細長的手指，凝聚微弱的力氣握住筆，著魔似地開始埋頭命名、書寫，不斷以捕捉的意象餵養自己，一點點伸展骨架、生出羽毛，最終開始煥發靈光。

在我看來，逸辰擁有適於詩的素質：足夠悲觀、足夠樂觀，足夠冷漠、足夠溫情，能放任自我發生微小的裂面，也能賦予破碎統合與完整。更白話說，他有瘋子般的神經質，也有堪足忍耐的理性、厚度與韌性。

而他始終嚮往光。在晃漾的人世水面之下，在幽暗的心靈巨森之上。

鳥人本身並不發光，因此近乎執著地追索光。鳥人本身不發光，但能如琉璃般敏銳地捕捉、折射，一點點光線、一點點微乎其微的角度切轉，就能發散出七彩亮麗的細碎虹影。鳥人循光而去，在追蹤眠夢的掩蓋下，向一切會發光的事物滿懷渴慕地伸手——比如愛、同情、真理，或僅僅只是生命本身。

這是本可愛的書，誕生自作者的大學歲月。它交織了新鮮、敏感的詩段和童話幻想般繽紛奇妙、意趣橫生的短篇小說，展現出一份年輕的衝動、一次躍動的嘗試、一顆善於收發的心。這是詩人內裡的一處景貌、一則故事，但願他未來的旅途一如本書中的探險，一路遍覽風光，瑰麗平安。

——獻給直覺時代，耽於脆弱的美。

靈犀

月兔

朔

朏

望

晦

寶石龍

竊眠者

寤眠者

失眠的琉璃瓶

我是一隻鳥人。

總拿一枝筆，遊走在臺北街頭，只需要帶一枝筆就夠了；我拿在右手，因為左手跟我說他想倚著牆，然後逆向；我有一顆巨大的頭，裏頭住著一顆善思考又胖嘟嘟的腦；我的頸項總不停地湧漫出水，你以為是汗水，那其實是我奔

騰的思緒；我的全身是純白色的，因為那樣可以更接近透明一些：

我是一隻沒有眠的鳥人哪。

儘管沒有睡眠，白日慣於觀察，見一雙愛侶經過，一群白鴿掠過。我是一隻夜行動物，遊走在空無一人、偶有引擎嘯過的臺北街頭。

AM3:00，是最靜謐的時間了。此刻，街上滿滿是高跟鞋交錯著皮鞋着地的打擊樂曲。那裡有一位頭上長著豆苗、全身讓脈脈浮腫的大葉片所包覆的草人；這裡有一位額心至頸間怒放著櫻花鬃毛的獅人；也有高傲地延長脖子、貓步輕柔，全身布滿潔白絨毛的貓人。他們雙目圓瞠，卻沒有眼色，我好奇地偎近貓人身旁，諦察瞳孔，是否寄宿著另一個宇宙？或銳利得足夠穿透地心的彼端？我頸項間漫漶的思緒像養樂多膨脹似地流至他腳邊。

「啪！」的一聲，貓人跌倒了，兩隻眼睛直愣愣地像胡桃鉗衛兵望著前方。

「唉！怎麼又跌倒了呢？真煩哪……」貓人發出不耐煩而滾著泡泡的磁性男聲，一張呆臉擡起來，鬍鬚的形狀被拗成狼的牙齒，末端還懸著一顆摩卡渣渣的泥珠。

我側過他，逐一觀察每個人：獅人耳上夾著筆，抱著頭低吟苦思下一句詩；草人身上的葉已顯厚重，仍蜷曲著身軀，呻吟著還冷。

他們一個個像倒盡水的琉璃瓶，儘管透明乾淨，卻沒有一滴水的折射那樣地無聊。

他們哪，都是被偷去了睡眠，無眠的可憐人。

靈犀

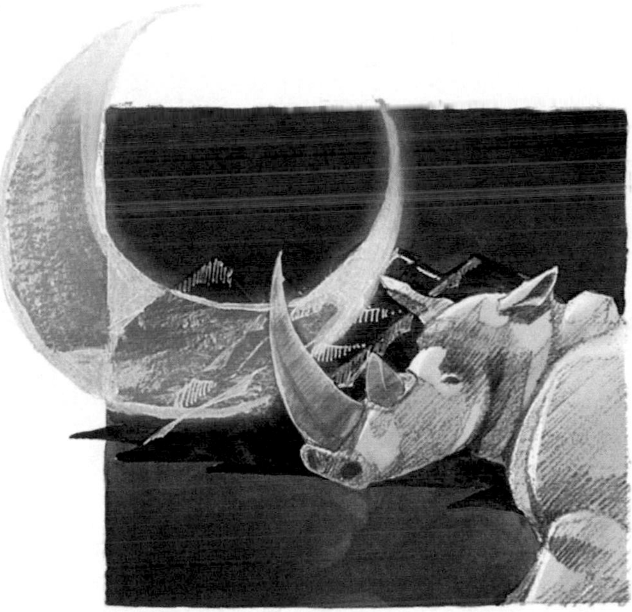

鳥人異想

「我是鳥人喏！」
啦啦啦，啦啦啦
夢遊臺北街頭
小小的旅行
帶一枝筆就夠了
我拿在右手
因為左手說
想倚著牆
逆向

如果太陽很大
只要高舉左手
用一枚銅幣
一元的銅幣
不就可以
代替太陽嗎？
太陽本就可以一手盈握啊

人好多好多
顱內開始奔騰
漫漶的記憶
像冰過的養樂多膨脹

從脖子汩汩流出
流哇流
流哇流
「啪！」
咕溜地滑倒
看來你也被誘捕了
我吹著笛子（雖然你說它是筆）
聽見幽幽的聲音了嗎？
遭誘捕的人跟我走
被幻惑的人跟我走
跟我一起夢遊吧！

穿透

當陽光和煦地
穿透橡樹
碎光在蔥蘢葉縫間
打起瞌睡的泡泡
你經過
驚醒了光
化為廣場上的群鴿
揚揚飛翔

未曾消融

你站在冬季
將手上精雕細琢的雪球
扔向我
站在春季裏
沒有漏接

牽手

我們都到了
牽手會有點害臊的年紀
陪你購物
一人提一邊袋子
像牽著你
也不那麼害臊了

剝月

我把月亮剝成兩瓣
一瓣嚥下
一瓣捎向夜色
親愛的，你在遠方
嘗得到嗎？

舞鞋

滑柔精巧的金色舞鞋緊緊
包裹你細緻的足踝
輕輕踮著、繃住腳面
鞋底便起了小小的褶
一個勾腳
撩撥起音符
當你旋轉
輕披軟身的透明薄紗延向天際

褶子是五線譜
腳印化為音符
你遂逐著這樂譜
旋上月球了

生有

夜裏的山，剩下霧
其他一無所有
於是我們
只能無中生有了

拉環

你始終躲不住祕密
「啵！」
扯開拉環
碎語噴濺而出
真相臥在靜謐的光流裏
淌瀉的泡沫中

月臺

如果就這麼跳了下去
彩虹的精靈
會將我接走嗎？

毛玻璃

我有一把月光的消息
不曾洩漏給你
把命運捏成小兔子的模樣
包裹起來
鎖在毛玻璃的瓶子裏
你看不清
我也看不清

豆腐丁

把豆腐放在手上切丁
你驚呼
而我毫髮無傷

拙

像一個孩子貪婪色彩
於是圖紙都黑了

曬

你走向陽臺
拎起我，抖落皺褶
用竹竿穿過兩邊袖口
像耶穌釘在十字架
飽富陽光的氣息
又矛盾地散逸潮溼的霉
一陣風吹
狂舞欲飛

我仍懸掛竹竿
抖抖飄飄
兀自掙扎

BMI

你的愛是 BMI
數值已過瘦
仍要求付出的分子再少一些
收穫的分母再多一些
身高與體重失衡
讓我們的愛
頻頻骨折

隱形

當怒吼被灰白的牆壁吸收
滲透後快轉
沿著毛細而螺旋生長
蜷曲起銀蕨
攀爬上蔦蘿
開成一片蓊鬱的寒寂
將是飽含瑰華也忍不住的
銳利

覆 巢

當隻手覆毀了巢
幼鳥，就不得不飛翔

毒蘋果

明知道有毒
「咔滋！」
因為我愛你

羊角怪

你發了瘋。

將妒恨、貪欲、傲慢
全門在門內
像對待無辜染病的羊隻
放火，一舉焚燒
站在門外聽羔羊淒嚎
直到嗅着焦炭的肉香
看你扶著門，雙手黧黑
大崩潰的瞳失焦

走了過去
踩碎的骨頭像朽葉
枯脆作響
輕撫你的額
上頭已竄出
巨大螺旋的羊角

絕對零度

所有的熱能從指縫間逸出
降到絕對零度
戴上手套
環繞圍巾
將自己泡浸保溫瓶之中
旋緊
仍產生不了熱

解壓縮

當你嫌我的愛太大
像等待回收的大型軟體超出負荷
只好壓縮、再壓縮
直到不占記憶體

忽有一天版本更新
你想起
將我解壓
所有愛的質量不曾異變
檔案損毀

解答

寫了一疊又一疊考卷
原子筆的芯都抽換多次
直到遇見相同的題目
忘了對解答

可樂

你搖了搖
打開，迸濺而出
我打算忍住
明日
氣消的可樂

標的

盯向窗外
一幢幢藍瓦疊砌的房子
研究它的風格、角度與構造
你在另一輛火車和我
驚錯而過
還沒看清彼此面容
又各自馳向遠方標的

擡頭

火車上
不停添著煤炭
學子鮮少擡頭
閱讀著銀色的書
突如一個
窟窿
望向窗
原來已經
走這麼遠了

三色蠟燭

綠、白、桃色的蠟
裊繞燈芯
向上扭轉
凝成三色蠟燭
點燃
焰火安妥
偶有一絲風
牆上的火影飄搖
昏橘的熱度裏
還未掙扎如何化去

已有一線促彈
炸吱斷裂

總趕不及祝願
又捨不得熄滅
直至燭身淚淚
世上只殘剩一種顏色
終呼吐
距離一歲的嘆息與抱歉

兒戲

1 蠶寶寶

我要給你一個家
好多桑葉
讓你飛翔

2 扮英雄

在你面前
作一個英雄

3 仙女棒

喳喳喳地炸著光
一起在空中作畫
畫得要夠快
不然光會溜走

4 躲避球

瞄準我
可是別太大力
我怕我逃跑

5 木頭人

「一……二……三，木頭人！」
重心不穩
跌倒
你又離我更遠了

6
躲貓貓
貓貓躲起來
是為了讓你找到

7
鬼抓人
被鬼抓到的都變成鬼了
對不起
我只能抓住你

8
捉蝴蝶
拔掉你的翅膀
珍藏

9
夏盒子
鎖在盒子裏
甜甜澀澀的聲音
可你真的知道了嗎？
我夏天的盒子

10 堆沙丘

「明天我們一起堆大城堡！」

翌日

傾盆大雨

11 家家酒

扮演角色

卻都當真了

12 捏黏土

重捏太多次

揉成了黑色

13 打勾勾

不小心把玩具弄壞了
我們忍著淚打勾勾
下一次
不要這樣了

救贖

我望著月
你說巧
與我相同喜歡月
竊語著月光的祕密
白滿的月
纖瘦的月
半懸的月
黑暗中，靜默輝映的月
閃爍灼人的眼光，說

你也熱愛太陽
嘴角像衣料上了漿
顯得些許牽強
遠方牽強
曾經也都牽強
「我們無須再談。」
當如此回答
你眼底的生意枯黃
說日和月
是兩極的至美
我轉身離開

想起曾在下水道
四片的黑
時有鼠屍味與濁汙沾染
當你好奇
銜著天使的笑容
挪開人孔蓋
我探見天口的光芒
那是第一次見到月
在流推腳踝的淤泥中
爬向月亮
親觸了信仰
汙穢始得救贖

你的愛是太陽
閃照世界
不曾偏愛一隅
而我的信仰窄仄
只在一片無光的世界
你不經意
搬開人孔蓋的剎那

銀湯匙

我住在湯匙上

當你輕起手腕
能從銀色的映光中探見我嗎

我一直在這裡呀

陪你到最後一刻
是我永恆的希望

我清脆地落了地
你怎麼了
手為什麼無法緊握了呢

你的孫女將我收進
你的他親造的
檜木櫥櫃
靜靜地倚著琉璃
上頭有你年輕時手鐲的人魚
他的歌聲能攜著我
抵達你的天堂嗎？

判詞

我把一個祕密，寫進泡泡
輕輕地捧著
尋覓一座漆紅海面
顫顫地放下
讓祕密沉沒海底

我把一個祕密，寫進紙頁
豆腐黃，沁著雪松香
謹慎地摺起
夾進詩集

尋覓一個鮮少人至的書店
藏在冷門的書櫃夾層裏

我把一個祕密，寫進四季
那裡有夏秋冬春
有雨、有陽光
喜怒哀樂的苞蕾都得以綻放
開出一顆顆星子
劃過夜空
落入燦燦的眼瞳

我把一連串的祕密，寫進雲霄
光芒將化為我的翅翼
飛入雲和雲之間
尋覓神聖的殿堂
偷出神諭
篡改銘語
洩漏祕密之死
諭示祕密之生

終於
我把最後的祕密，寫進我們的愛

按圖索驥
用自以為是的浪漫
在陽光下公開
祕密不死的祕密

月兔

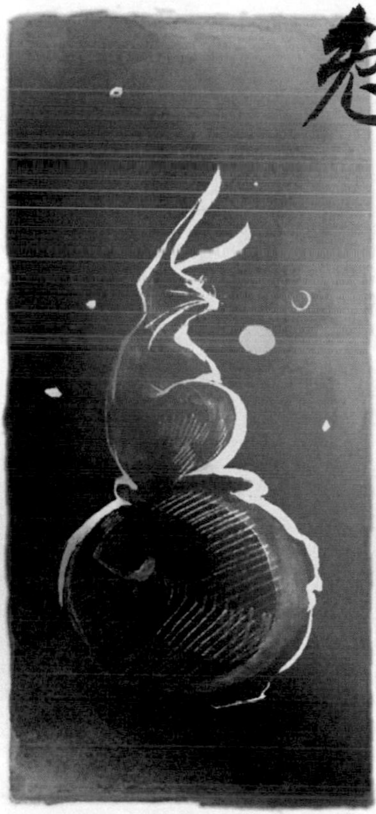

羅伯羅夫斯基倉鼠人

街上的人潮波濤洶湧，我的警告天線嗡嗡作響，這好好的夜竟被這些呆瓜給糟蹋了。索性不看，誰教我餓了呢？轆轆的肚腩主宰空空的腦袋瓜，領我走進那家每夜光顧的永和豆漿。

「老闆，麻煩給我一杯比例要是61.8% 米漿、38.2% 豆漿的豆米漿，再給我一個表面積有41.4%

是白芝麻和黑芝麻平均分布的燒餅，裏頭不包油條。」一位由淺茶與深白色參差的細絨包覆全身，唯肉肉的手腳處較為稀疏而呈嫩粉色的鼠人一邊顫顫地說著，身軀並隨之發抖。

他看來神經兮兮且有些許不知所措，卻依然堅持照比例點餐的怪異舉動，我在一旁看了一頭霧水，脖子又流下瀑布。

永和豆漿

「你也睡不着嗎？」我走到他身後，或許因為潺潺流水聲讓他提早發現我的存在。

「你要做什麼？」在我伸手還未觸及他的肩膀前鼠人便迅速地跳開，像要甩掉一隻咬住腳踝而鱗光慘慘的蛇。

「好吧，我不碰你，你也別這麼緊張嘛。」我像罪犯投降那樣將雙手舉起，證明我真的沒其他意圖。看著他見到我像是遇到天敵似的，我又不禁莞爾，然而這一笑又讓他的細絨激烈震顫。

「我只是想要跟你打聽一點事情嘛……」

「什麼事情！」我一語未訖他一言又起，我眨個眼不置可否，並繼續訴說我近日看見的現象。

就在我不斷被他打斷的敘述後，他終於明白我所說的，失去睡眠的人逐漸增多的怪象，並難得地

微收下頷摺出雙下巴，思考琉璃瓶如何折射的問題。

「我知道在我們羅伯羅夫斯基倉鼠人一族中有個傳說，似乎某位詩人也曾經把這傳說寫成史詩，內容大概是說小孩子睡不着的原因都是因為睡眠被『竊眠者賈禍鳥』給盜去了，所以才一個個失了眠、開始百無聊賴地無意識夜行，但是內容的狀況和你說的又並非完全契合，那個詩人在詩中也有不斷詢問

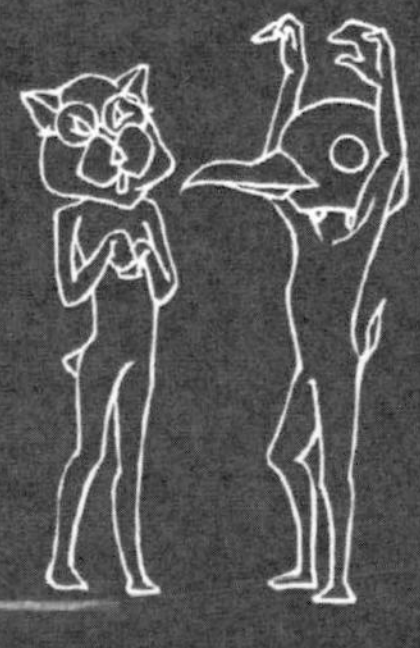

被竊取的睡眠到底去了哪裡，而被竊取睡眠的孩子最終又將歸何處、說到底賈禍鳥是為了什麼要盜取睡眠又並無太過清晰地說明⋯⋯」

鼠人用快如響板且歇斯底里的語氣喃喃自語，我找不到罅隙置喙，腦中還滯留在他所說的傳說，一心只渴望明白竊走睡眠的賈禍鳥到底是誰，而目的是為什麼？睡眠又究竟藏到哪裡去了呢？

「那我該如何找到他呢？」

「傳說中他只竊取熟睡在純白色枕頭上的睡眠，因為那隻賈禍鳥有潔癖，他相信只有身軀潔淨沒有一絲汙漬的眠才是最聖潔而至高無上，如同孤立在懸崖上的修道院中盲女膜拜的願上開出了夢之花，那般純粹而靜謐……」在綿綿如絮的語言下，我竊想如何尋得眠的所在，如果真是美麗如同海岸賽王的歌聲，被蠱惑，或許也是很愉悅的選擇。

「我知道了，謝謝你唷，鼠人。」我向鼠人致意，看著他仍然眼神呆滯地振振有詞，手裏撕碎衛生紙，像是一位幾近瘋狂的科學家。

「你們的餐點好了！」豆漿店的兔子老闆一聲叫喚，將他糾結的碎碎念與我盤旋的腦迴路捋直了。

啊！好餓！

翔

烏

總自然讓光吸引
追尋光、蒐集光
甚至只是
會反光的東西
花了一輩子尋覓
直至看見你的澄澈星瞳
上頭立體地映著
是我
一隻漆闇不祥的烏鴉

瑕疵

床鋪上的一粒砂
衣服內裏的標籤
玻璃窗若有似無的刮痕
微不足道
卻無法忽視地
不完美

厭詩症

開始懷疑自己是否適合詩
並非指寫詩一事
而是屬於信仰上
心中如果
有一點點的厭惡
患了厭詩症的我
該如何觀詩、評詩、寫詩，或
以詩人生
不免覺得

詩人也有些落寞
自由如牧野龐大草原的牛羊
卻始終會被
剃毛、擠乳、生殖、屠宰
果然
我不適合詩

定義

寫詩，不一定是詩人
喜歡文藝、屆青年
也不等於文青
就好像我愛你
你卻也不是我的愛人
我喜歡我多元的扇面
拜託你，不要擅自
定義我的
眼睛和知覺

眼鏡

近視
卻不戴上眼鏡
只因不敢太過清晰
諦察世界

真實

你曾和我激辯——
到底何謂真實
可知道嗎？
你否決存在的如許
都親生生地
在我眼前跳躍
不論是牠、它、還是祂
都蘊涵無法言喻的生命力靈動

——即便是透明
也深愛著他們如同
我深愛著你
如果
能讓我再說一遍
愛人
請不要否定
我生命中無限美好的存在

暴雷

像我喜歡說清楚
你喜歡留餘韻
一個暴雷的午後
天空和雲朵其實不相了解

發聵

與安靜共處
吟詩、歌舞
寫下寧謐的片刻
讓畫面如走馬燈過往
砸毀音響
告訴自己能夠振聾
非關強弱
只是想大哭而已

爆破簡訊

若一封簡訊是爆破的霹靂
渾沌炸裂
億點燐光都碎成星塵
我們一起深陷渦流
重生星球
將丸滿無闕如日
光芒如破開的花瓣
掃射盲點
用蕊傳播靜謐

世上已然無聲
唯存我以蝙蝠的頻率呼嘯
燒熔黑子
你不過是紫色無語的曖昧

祈禱的掌

我們都本能地追逐光
亟盼太陽
渴望飛翔
並應生羽翼
在與眾不同的歡賀中
落成一身美好的姿態
不斷攀取、爭奪、奢汲
脫穎而出
不放過一絲碰觸光的機會

當近在咫尺
伸出指尖顫抖著接近
雙翅闔如祈禱的掌
「啪！」
一陣焦臭傳來
我們都一樣
屍體，是懸掛光芒上
最美的姿態

神經元

最敏感的神經元
失去知覺
其實已傳遞
然五尺與一尺間無處閃爍
太纖細的神經該割斷
方能共鳴

純白色枕頭

我領走豆漿油條遂逕自走至一個空位，決定先不去想如何尋找眠，先享用面前的美食。豆漿是鴨蛋殼色，帶著微微初生的黃，油條是酥而透明的柚木色澤，我能感覺到豆漿與油條經過食道的完美融攪，肉體內旋起百萬個小漩渦，化為身軀血液中的一個個細胞，再游進我的大腦，助我沉思一隻天馬長出烏鴉的翎翅，異想一頭鹿頭角盛開千億種星星花苞與風情。

於是我開始尋找，一個純白色的枕頭，蘊涵億條夢境長廊的枕頭。

我明白那存在的，每一個枕頭都記憶著無限岔路，讓睡眠引領走進每一個夢。然而我唯一不明白的只有睡眠，因為鳥人不需要睡眠。

我揀了一塊尖銳的石子，尋一處空地，在上頭劃了一個長方形枕頭，再細細地將它塗滿，像在計算一尾魚的鱗片，將一根根絨毛都敲劃清晰，直至它白皙如鹿的幼紋。我遂輕臥，將掌心朝向太陽的方向，闔上眼瞼，阻絕色光與黑暗的接縫，平靜如一泓因青苔橫生而發綠的沼澤。

我不懂人類為何必須如屍體安息，對我來說這多餘得像披薩上加了鳳梨與珍珠。

「咕——赫——咕——赫——」

恍惚間我聽到大約五公里外傳來了一陣鳥咽，明白他是朝著我飛來，連振翅頡頏的聲響都如聞耳蝸，感官放大了五百倍，甚至能聽見買禍鳥的心跳，急迫、侷促，直到降落，才聽見他的震顫是渴望，是葉崇拜葉綠素、楓樹等待一場秋黃那樣小心翼翼、輕巧而脆。

他的爪子欲緊攫我的白枕，才發現無法深陷。他懊惱，又像不甘，左左右右試了十來次，正當他想放棄憤飛的瞬間，我緊緊捉住他的足踝，出乎意外，軟柔像初生嬰孩的足蹄那般飽滿，「咕架——」地嗚咽一聲，企圖甩開，卻無法不讓我得逞。

他飛，眼睫睜眨間便上升了幾十公里，我不放開。風是撕裂，脖子流出的思緒凍結成冰雹噴炸，幾乎要支持不住，周圍空氣壓緊緊綳起皮膚，紅血球無法呼吸，巨碩的頭顱此刻成了重大的負擔，我咬緊嘴喙，不讓一絲空氣藉七孔或任何毛細竄入我的身軀，任由賈禍鳥疾飛馳騁於空。

朏

破殼

環抱蜷曲的膝
擡頭凝望
天幕全是黑
忽有十字狀的白光啄裂
我知道是
破殼的瞬間

初生

全身浸在水中
憋氣
看見湛藍裏有光
所以呼吸

反向

習慣看遠方
就不免有些近視

預告

我預告你
將何時到站
輕啟車門
哨音響起
毋怪沒警示你
若硬闖
小心夾傷

牛頓定律

N第一定律
當疾駛的列車戛然停止
我們都飛了出去
無法習慣
失速的生活

N第二定律
如果我們力的總和
不超過最大靜摩擦
我們的愛便不為所動

因此我用力
再輕輕地加速

N第三定律
從不隱藏我的溫柔，以及銳利
至於會觸碰到何者
就全憑你
銳利，還是溫柔

透明

祈願身軀變得透明
不只用眼睛
感官世界

幻惑森林的貓臉花人

似乎看見了光，又不甚清晰，遂聞觸到夜風的溼氣，輕啟眼簾，甦醒。

這是一座夜的森林，然而我卻看見在漆黑樹叢中有花如燈籠那般溢出淡淡地粉紫色光輝，倏地有一陣聲音響起在耳際，歌唱著什麼，「叮、噹、咚、咚」是輕快的旋律。

再次諦聽，「幻惑森林樂悠悠～幻惑森林樂悠悠～」突然有一群小小如雞卵大的小花人列隊行至我的腳側。

「幻惑森林樂悠悠～睡眠的淵藪～在賈禍鳥的樹梢頭～」小花人歡樂地鑼鼓喧闐，有的吹著含笑花葉製的葉笛，或敲打小小深棕色的皮革鼓，或夾著尤加利樹細琢而成的響板，成了一列小小可愛而完整的行進巡邏兵樂隊。

我拿起手上的筆像吹笛那樣吹出了悠揚的聲響，像是要配合小花人們的音樂，不料卻嚇着了小花人們，原本清脆的音樂亂了調，見他們個個抱頭好似鼠竄，我也不禁微笑。

「不要怕，我不是壞人啦，我只是想要問你們在唱什麼而已。」我用對花人而言如一面高牆的手掌堵住他們的去路，並將我巨大的喙下壓，表示我並不是要吃他們。

「什、什麼唱什麼啦！」小花人似乎還是十分緊張，並沒有認真聽我說了些什麼，我只好用手將一隻小花人捏了起來，用喙上的孔洞朝他哼了口氣，他的眼睛瞇了起來，小小的臉龐像吃了酸梅似地皺成一團，頸間花瓣上的短短絨毛也被吹得一顫一顫的。

「認真聽我說一下話嘛，你們唱什麼幻惑森林的，那是在說什麼東西呀？」

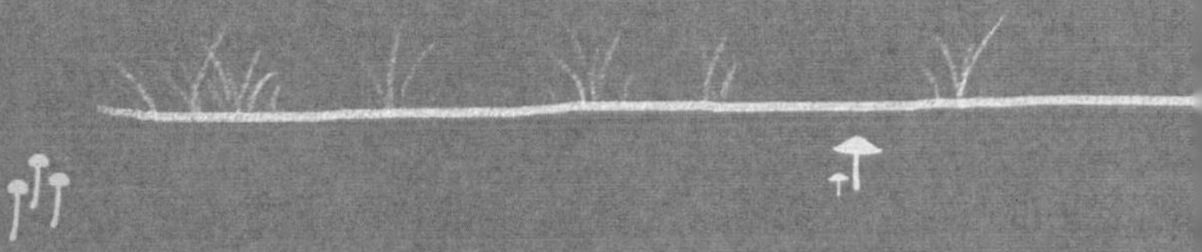

「我、我不知道啦！」小花人亂揮舞手腳，想要掙脫我的手。

「幻惑森林是哪裡呀？睡眠的淵藪又在哪裡呢？」

「你、你是笨蛋嗎！這、這裡就是幻惑森林哪！睡眠的淵藪很可怕啦，跟你一樣可怕啦！」看小花人緊張又不免要數落我一番的可愛模樣我笑了出來，這一笑又更激怒了小花人。

「有、有什麼好笑的！睡眠的淵藪可是賈禍鳥的樹巢，他會偷走大家的睡眠，失去睡眠的小孩還會跟著他走，這可是非常恐怖的！」小花人的嘴小小的，動得很快，說得口沫橫飛。

「那你知道他的巢在哪嗎？」

「你、你沿著透出紫光的精靈花一直走就會到啦！我可是好心警告你，賈禍鳥可是超兇猛的喔！」

「好啦，謝謝你啦，小花人。」

我將小花人輕輕地放置地上，摸了摸他的頭，小花人馬上抖了抖衣襟與頸間的花瓣，迅速跑開又突然扭過頭來。

「我、我才不叫小花人呢，我是貓臉花人！」這次是真的跑掉了，只剩一片小小的葉笛子還靜靜地躺在地板上。

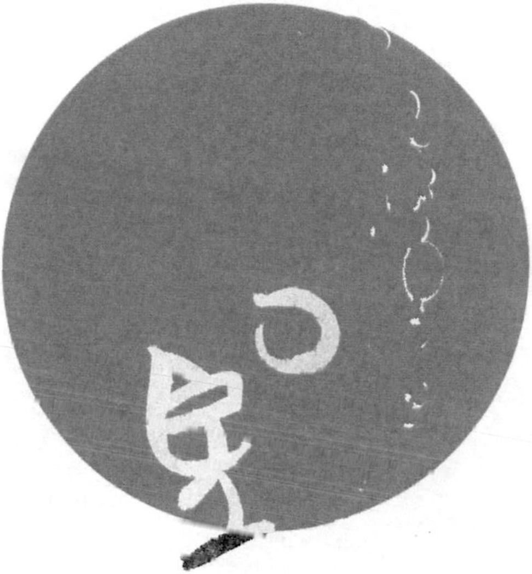

紋

犄角如枝椏的鹿
奔過時間的森林
斑紋滲出銀輝色的光
包覆牠奔過的小蕨
始得延展
又復得蜷曲
維持挺拔體態
平穩呼吸
安息香深沉而甜

蜓蛾蝶螢
傳遞發光的消息
將成風的諭示
鹿躍
如蜻蛉點湖心
生機化為漣漪環環綻開
再跳躍，輕立梢頭
看見影子有點點靈光
不知是殘影
還是真曳著光輝
只好歸為視覺殘留
企圖偵查線索

除去光芒
牠頂多是一隻茸角盎然的鹿
踏破水面
步向湖心
見得一隻小鹿如胚胎蜷縮
咚咚地脈動
忽察覺視線凝矚
回首發現鹿
幼獸的斑紋
尚未褪去

誤譯

當詩人被誤譯
幾個世紀仍跳不出窠臼
即便一身輕盈
依舊無法替你解開
眼睛的鐐銬

水晶

我用眼睛
折射一世界的彩虹

琉璃瓶

我想，和他們相比
你大概是最任性的那種人

日消而月未生
那一瞬，沒有陰陽
在薄如針葉的縫隙中
你誕生，眼中蘊含千億珠星光
雙手把握一束銀河
降臨這個世界
曉得你從遙不可見的彼方
帶著單純與善良而來

從不在意執拗的顧慮
刁人的難題
心空空的
如一個淡藍透明的琉璃瓶
隨時可裝換任何東西
沒有固執
沒有成見
沒有世俗所訂定的陳規
所以總見你莫測
其實只是不造作罷了

我明白你是星辰
儘管因為太遙遠而渺弱
光總能傳遞
到我模糊的雙眼

還不打算識清你
像我仍然要愛你
站在水藍色的地球上
慣見你用迴身的姿態發光
微微的暈透滲熱度
繼續浸淫
在我還不打算理解的
輕盈與任性

心的小徑

我有一條心的小徑
很短
靠近很容易
石榴紅、祖母綠、龍蝦藍
那裡茂產各種你不曾見的果樹
但離開更便捷
只需一個動作、一個字
或一次鼻息
就會走完這條小徑

你是這裡的住民嗎？
只要你願意
搖一響鈴鐺
我就會為你
豔放一世界的星辰

精靈花徑與眠之實

循著散發紫苑色光芒的燈籠花走，搖曳著彩色而不斷變幻的光暈是引領的精靈之燈。花愈來愈茂盛，並愈發粉亮，然而螢亮不是溫暖，是冷冷的光，是月光天生的透明與淡雅。

擡起頭，忽有雪片伴隨金色的山毛櫸堅強而飽滿地零落，望向

天，綿綿而落的雪花瓣，如果我就踮腳登了上去，跳躍，再跳躍，是不是就會抵達天際呢？我歪著頭，脖子滴滴滴地流水。

恍惚間，我尋着一棵發光的橡樹，他的根蔓至遠方幅地，枝椏蓬勃交織，是千萬年的母樹才有的盛壯，而梢杪上綴著一顆顆纍纍如卵的果實，顧盼四周，賈禍鳥似乎不在，遂又湊近巨樹。

輕輕執起果實，觀察其幽微。

原來，這就是眠的形態嗎？

睡眠到底是什麼東西？讓賈禍鳥能如此執迷，又讓人類如此眷戀，願意犧牲三分之一的生命只求取一珠丸滿的眠？六十歲的壽命，可就沉睡了二十年了啊。

如同珍珠奶茶一定得配粗吸管，人就該好好睡覺，必然而毋庸置疑的眠，究竟是什麼東西呢？

我好想知道。

我好想知道。

我真的好想知道。

輕摘一顆懸掛的睡眠，啖果子
般將其嚥下，原來這就是睏意嗎？
我一定得好好品嘗一番才行……

晦

雪怪

這兒寒冷極了
冰霰颯颯地打落衣裳
睫毛承載雪花的重量
闔眼流淚
瞬間便結晶
甘心作一位盲者
不再睜眼
雪途不再迢遙
因已不見迢遙

布料不再需要
因體溫已寒於冰晶

我成為一名怪物
長居雪山
心是純粹的白
像一顆冷色的燈泡
在白晃晃的雪地中
發光

迴歸

站在鐘乳石洞口
光的羊皮輕輕披在雙肩
敞向黑暗
腳邊是久棲幽微
一拳拳沉默不語的蕨
「滴！」
濺起如一掌花的開落
碎珠反彈而起
不經意黏在蕨的細毫

一指石筍竄起
在下一滴未落之時
殼如松毬的鱗層層包裹
冷靜地奔去
企圖握住那指逐漸成形的筍
穴居奧處的山魅見了光
帶著近似癲狂的震顫怒吼
第二滴落下
凝結成一隻白牙慘慘的象
踩的每一步
都響徹地心之下的天空

第三滴變作豹身蛇尾妖
詭綠的髮上開滿與石洞不相襯的
熱帶雨林大王花
魂魄漂浮在洞穴中
一泓深不見底的潭面
精子似地游移搜尋
攤開紅潤的掌
漸漸落色
不是壁癌斑駁而見泥灰的慘
也非年久失修病弱的黃
是一枝竹節上璀璨的花
瓣瓣漸落的哀豔

低頭只見石地粗糙
不見我向來穿著襪子的足掌
鏈結地心
我感應到山的另一端
小草輕扶著少年的背
感應到水的另一端
海脊凹凸和地心暖熱
丟了二魂與七魄，化作幽精
離開了這深邃並孕育我的
生命初始之地

移生

一羽蝴蝶飛來
停於後頸殖卵
在體內如紅藜破殼
從喉頭上躥
萬隻毛蟲攢動
蠶蝕肉塊
蛭吸腦液
有的不及羽化
從耳蝸摔了出去
瞬成癱溼的黑水

終於一隻
肥美的蟲
飽腹了靈魂的訊息與眼色
染入水晶體
縛成蛹，還絲連
我的靈魂
黧凹的眶
竄衝出萬彩的蝶

藍天

仰臥草原之上
睜眼是藍藍無邊的天
企圖閉眼
想看見另一個世界
漆黑中身體
下陷
下沉
下墜
直到從地心的另一端

浮起
睜眼是金金汩動的河
汲取一掊啜飲
一道光將我侵蝕
身軀化為分子晶瑩散去
再睜眼
仰臥白白軟嫩的雲
然後
仍是藍藍無邊的天

創世

我凝視一掌水晶的折射
鹿興的纖塵
織然葉縫間的光影
緊緊睇望整座世界

我可以如雷之賁動，山之靜好
水之曲弱，火之上強
風之掌奪，澤之意志
再俯仰於地天

呼息間靈氣旋聚
浸淫間髮生珍珠
睜眨間見證藍海枯榮
我喜悅如一個孩子
為所見的萬物命名
輕輕執起
聆聽其空心與否
嗅其氣味馥奇
觸其細孔微紋
尋找一個適當
不躁進僭越
如小草順偃的名字

明白自己的存在
是多麼珍惜而感動
不再爭強
亦毋用順弱
只潛心徜徉
尋找最合適的角落生存
不拔去智齒、割除盲腸
不剪去髮絲、束之如馬
任一切
自生、自滅
自覺、自動

我選擇

我選擇信仰。
我選擇走在人潮洶湧的街道，看一雙愛侶經過，
　一群白鴿掠過。
我選擇久佇葉縫下，聽陽光在耳畔輕輕又親親地
　低訴呢噥軟語。
我選擇立在山巔，流眄一切白色相關的細節。
我選擇臨著池畔，闔眼感受生命的鼓動，
　從指尖湧出，趾間流入，碧藍色的水波，
　美麗的輪迴。
我選擇哼唱一首，生命之歌。

我選擇像一朵橙花不抑制自己的花季。
我選擇像一個孩子似地狂奔。
我選擇逃亡，尋找心中最寧靜的地方。
我選擇站在雲端，沒有一點忙，
　可以一人看花到天亮。
我選擇走梵谷的風景，聽李斯特彈琴。
我選擇讀一小段聖經，念一小段心經。
我選擇不用緞帶包裝靈魂，不用蛋糕慶祝誕生，
　不用記得是哪一年春。
我選擇只是與小草裸足，隨著花瓣起舞。

我選擇證明，證明我們寫的愛的詩篇能改變世界。
我選擇看一群野狗狂吠我的髮梢。
我選擇欣賞掙扎後而猙獰的綺麗。
我選擇聆聽天邊一朵雲彩綻放、爆裂。
我選擇哀悼一枝，靈柩上透明的花。
我選擇撫摸一瓣白色牆上剝落的漆。
（貌似斑駁，我卻看見美）
我選擇在黑色的夜裏重生。
我選擇像一隻黑淚痕的豹，隨花紋流浪。
我選擇——跳一支舞，將它獻給我的上帝。

——致敬周夢蝶先生〈我選擇〉一詩

月兔

已慣於躲藏坑洞之中
笑聽人說我離不開月亮
其實
只是喜歡月亮

隕石掠過時
我想，仍會選擇流浪
然後闔上眼
懷念我的月亮

第二簾眼瞼

我看見了光，卻又不是光。

這是夢。

闔上外眼瞼阻絕了光與黑暗，當睡眠時會闔上內眼瞼，阻絕的是黑暗與夢境，我明白此刻位於夢與意識交接的縫隙之間。

看見腳下脈動著光之流，存在於夢境那近乎生命之源的光，能感到一股白金色的光流涓涓不絕地汩汩溢出。

光開始有了意識，決定自己的方向，祂沿著一側透明溫潤的白岩攀附，往上、往上，直到一個滿意的石縫，遂破壁而入，看見一匹光之飛瀑闃然而下，畫面奔動，聲音止靜。

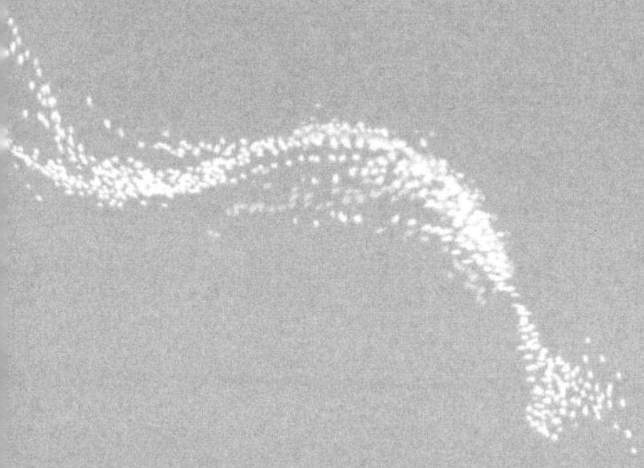

步近輕汲一捧光水，如捧起一隻方從母卵中孵化的雛雞，見牠顫顫地呼吸、心跳，從牠肉身細細滲出的暖意感受到的，不僅僅是蠕動與溫熱，而是攀登山巔初見朝暾，無法自拔地令人喜悅、感動而畏懼，是近乎膜拜的虔誠，是在自然的鼓動中，野性嚮往生命所湧現的純粹信仰。

這光芒不同於色光，祂沒有透射折轉之美卻更令人無語震懾，我只能謙遜如一隻獸崇尚自然的力量，匍匐在地，讓光流經背脊，讓耳中竄出一朵豔紅的花，身軀逐漸褪色而透明，指尖漸漸失去動力與氣力，依然嗅聞芬芳，浸泡其中，腦迴路操作失敗，關機。

寶石詩

寶石龍

步進咖啡廳，佇立櫃檯
嚴格的唐楷是銀色
不急不徐如一尾蛇的迂迴
迴旋盤繞沉默
待到侍者謹慎地端出咖啡
睡臥一頭銜尾的白龍
沿著身軀，為祂妝點寶石
直至鱗片如雪花折射
曳著菱狀或六角光斑

祢創生銀河，而我
簡簡單單地布下星子
銀紫橙金
鑲滿寶石的龍騰昇
緩緩迴旋
徑直地飛出窗
不再回來

秩序

我永遠無法搞清楚
蟹棒到底脫衣再煮也可能
先煮再脫
或是路痴的我
永遠抵達不了和你相約的地點
我就是那麼那麼
無可救藥
想用一些贅字

描述月亮減肥
星星是天空的破洞
太陽其實很黑的事
為什麼要搞清楚呢？
我就是不想搞清楚嘛
你總是挑我錯字
拿筷子的姿勢
刀叉使用的順序
但是我眼中的世界
從來沒有錯

顏色

火燄是藍色的
水是黑色的
烏鴉是白色的
蝴蝶是茶色的
葉子是紫色的
鳳梨田是粉色的
大地和樹木是彩色的
那麼心臟和人
為什麼只有紅色？

近視

這個世界太急著批評
急著定義
急著證明自己有主見
忘了戴眼鏡

正

「正」的發明者

史上無人超乎他的邪惡

福與罪

無知便是福
當開始明白
你的福，建立於何之上
便發現福
本是一種罪

地獄天堂

如果你的天堂
必須嚴飭、階列
軍師旅團
明晰如竹節火色
廣熾的陽光下沒有黑暗
所有背離與共處不語
都被排斥於你的規矩
屆時我將冷徹凝視你的傲慢
反向地獄

滅滅明明
那方是我的天堂

同理

你可能覺得沒什麼
對水中的我看來
你的海洋
就是我的天空

孤詣

一架孤詣的飛機
碰巧瞥見
海洋上漂搖的一隻船
即便天空和海洋再怎麼
廣大而孤獨
飛機與船仍不會有
寂寞的邂逅

畢業

雙溪水沖沖不絕
苔石割成兩注方向
有緣
終能合流

滿溢地球

上帝發現地球太滿
萬物難以呼吸
所以捏造人類
派使凡間，殘滅萬種
以平衡世界之秤
毋用斬斷人為之偽
亦毋用遏止剪惡之善
人本萬種之一
一切動靜
皆乃自然

永恆

追尋永恆的我們
都沒發現
死亡是某種樣態的永恆
情願心甘
投身
那該多麼浪漫

重來

如果我們在夏天相遇
終點就是春天了

插花

將一叢以愛為名的花插在綠泉
不修任何枝葉
生意昂然

夢的吹笛手

一個白色的臺北，初冬。雪紛紛綿綿似絲縷不絕，沿街的車蓋、人行道都覆滿厚厚如羊毛的雪，我看見一個我跳上雪，再跳上另一珠冰晶，躍上了天際。

又看見一個我右手拿著筆對天空寫字，字一行一行如五線譜悠揚，化龍騰升而流動，不出幾秒舉目所及都是我的字在飛，充闐了整座世界。

還有一個我騎上背著黑色翎羽而身軀潔白的天馬，頭上長著茸茸鹿角，上頭綻放數百種紅。

再看見一個站在冬季的我，彎著腰精雕細琢一顆雪球，心滿意足，把它扔向時間，另一個我站在春季裏，沒有漏接。

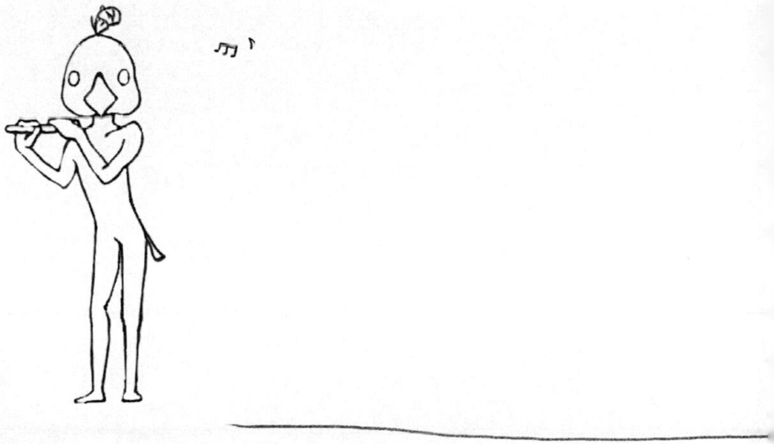

我凝視無數的我夢遊，不知何時手上多了一本書，輕輕撫了書的背脊，側耳傾聽書的聲音，再珍惜地翻開，書突然唰唰地掙脫我的手，頁頁羽化為千萬隻蝶，撲上面頰，緊緊地閉上眼瞼。

像見證了一座藍海枯榮，又像是剎那，顫顫地微啟雙眸，眼前仍是熟悉的臺北，雪藍挾著都市灰，我依然站在街道上，注視一個個失眠如空淨琉璃瓶的人們，才發現原來我也可以有睡眠，忍不住笑出聲，拿起右手的筆，效仿小花人吹笛，吐出輕快的旋律，人們是群聚的狐獴擡起頭，催著眠搖搖擺擺跟我走了。

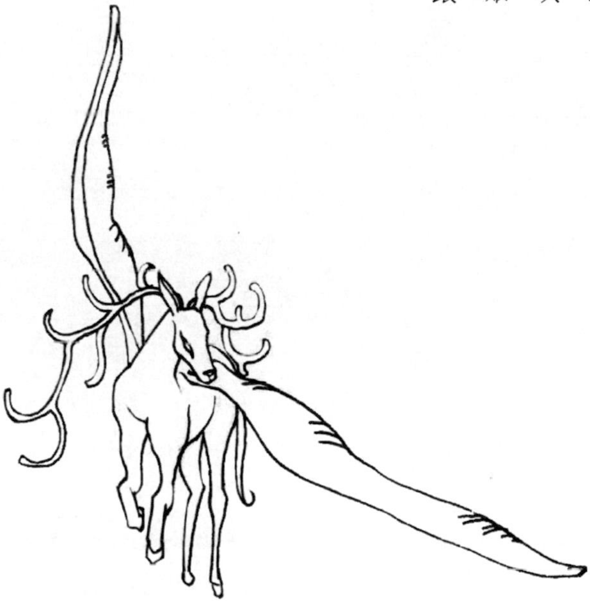

啦啦啦～啦啦啦～
瞌睡蟲的小海獺啊～
讓我們一起手牽著手哇～
啦啦啦～啦啦啦～
鼻涕泡的小胖豬哇～
跟著我前往信仰書店吧？

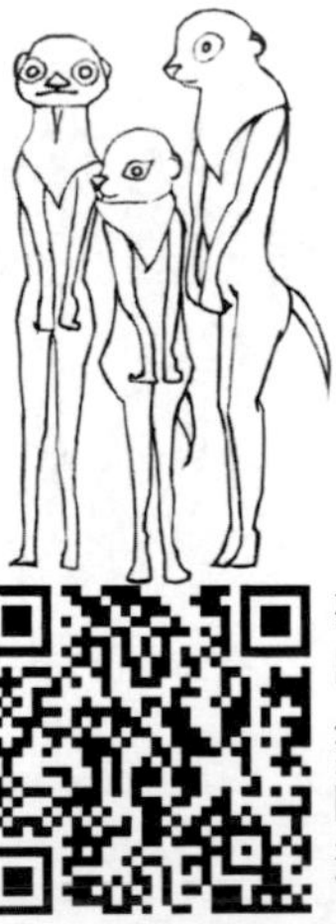

歌曲〈竊眠者〉
演唱 王蓓
作曲 董峻
編曲 洪逸辰

啦啦啦～啦啦啦～
啄龜的度度鳥哇～
你看見彼岸那朵花了嗎？
啦啦啦～啦啦啦～
黑眼圈的小熊貓哇～
跟著我一起尋找發光的睡眠吧！

信仰書店

信仰書店

——序

我的夢想是，開一間偶爾你來，或許你不來的，獨立書店。

在海洋的對面、星球的邊陲、夢與意識交接的荒原上經營著，關於信仰的書店。

全部的故事開端，都源自於大海。

——無淚年代

這是個亡失淚水的年代。

淚珠從眼眶順著夢境
溜至心底，滴滴地響
積聚為海，成了一灘死水
在這鐵質的鉛色世界
所有人都不敢露出表情
只好趁故事裏的角色不注意
大哭一場

在異教徒如我們，能翻山越嶺、跋涉至邊陲的書店之前。

——耳中花

我蹲坐書店的角落，輕撫
一本書的背脊
聆聽它的聲音
倏地我的耳綻放
渦繞耳蝸而起
是一朵豔紅的天上花
膚上幾可透明的微毛也震顫不已
五秒後微張翕合的眼簾
始見光
與一隻曳著輝藍鱗粉的蝶，輕駐耳上
恣意香甜

──字影

總愛在書店面海的玻璃窗上寫字。

一個暈暖的午後
字的陰影打落鼻梁
水晶小孩、白人一首和相對論在臉上
交叉浮動
日光與字影穿梭之間
徜徉

—精靈

有一隻精靈停佇在你休憩的眼睫，隨著輕輕氣息而起伏，忽地你顫動，祂便飛上天之洞。我曉得是什麼飛出去了。窗外的世界從一片厚沉的灰藍如漣漪旋化為嫩藍，洗淨的世界變得敏感，身上的衣裝對於肌膚，都太過粗糙了。

—字在飛

我掉進一本袖珍書之中。

我拿著彩虹筆
隨手就畫出彩虹

窩在魔法瓶中
醞釀海洋的魔法
無視於線性組合、質量守恆以及狄更斯的法則
在這裡，我的字變得會飛
充闐了整座世界

——輕功

所有的字都冉冉飄揚。
如果登上浮動的字，跳躍
再跳躍，是不是就能抵達天際呢？

──蝶書

書突然唰唰掙脫手
頁頁羽化為千萬隻蝶

──全名

將你的名字寫在蝴蝶頁，指尖摩挲。
我愛你，如同總喚你的全名
只因省略你
太可惜

——太陽雨

我想進一系列，關於太陽雨，銀色的書籍。既非關太陽、也非關雨，非關理性、感性，也非關英雄主義與懦夫。

當我們觸及這個話題，你說：「喜歡雨，喜歡雨的味道、雨的溼涼，尤其當雨絲落下，從雨飛揚的方向能看見——風的顏色。」還戲說自己，是水作的男孩。我說：「喜歡太陽，太陽的存在，不代表沒有雨天，而只要太陽存在，晴天，就一定會出現。」笑了笑，那我，肯定是木作的了？

我們未曾質疑對方，甚至了解彼此、相談甚歡。明知，兩人站在磁的彼端，是相反的存在。

倏地，一束光清晰地破開陰雲，太陽舉起雙臂向外推開，是滿滿的光，所有的雲都擠到天空之外。一大群白蜜蜂迎面撲來，我們無法動彈，直到飛出地平線，日光變得曚曨，臉龐忽覺溼涼，是細細的雨，你轉過頭，說：「是太陽雨。」

是啊，正好能行光合作用呢。

——黑點

外頭無人
滿是光燙熟的沙
畫面過曝，喫去線條
顏色卻昏昏欲睡
坐在書店裏，這是唯一
亮度調得較低的地方
一陣風灌進，拂響風鈴
桌上闔著的書均勻地坦展開來
隱隱騷動
書忽如海鷗拍翅般飛翔

穿越沙灘
成了遠方天空的
黑點
而我們的信仰，註定
隱沒於海平線之下。

——終章

也許這間偶爾你來，或許你不來的書店終將打烊。

也許我們無法再辯論，蜂翅拍振的頻率是多少赫茲、鹽之白和糖之白有何區別、當群青的知更哭泣，是否有星星閃爍。

熄了最後一盞燈，回歸晦朔。你也難將看見，在海洋的對面、星球的邊陲，那裡有一間販賣知惠、出售文明、租借愛的，信仰書店。

隨我叛逃至信仰之地
你找到銀色編號的木櫃
懷著書躺下
緩緩闔上眼皮
我默念禱文
含起眠之實
如流星群中的唯一流星
與你結穗
沉沉睡着的你
胸口破開了
躥攀盛綻出一朵
以愛為名的花

後記　雙溪流水

從國中一個人買詩集、讀詩，身旁毫無同好，到高中初試啼聲的作品讓羅智成老師選中，在「好詩大家寫」獲獎。可即便獲獎，那時的我仍絲毫不明白詩的真味，頂多是倚靠直覺把想寫的細碎事物紀錄下來罷了。

在現代詩的路上，為我鋪墊最紮實而洞悉的文學觀的，就是我的師傅——詩人陳依文。大一時修讀現代詩課，像是回到故土，又像嬰兒牙牙學語，一股既熟悉又新奇的衝擊襲向心窩。而後也在師傅於課餘時間次次評點、指引後，心也隨著私人現代詩課逐漸充闐斑斕。

因此在《信仰書店》這本大學時期創作的詩集中，在在可見我受到師傅的影響，即便此刻早已不再如此寫詩，仍非常驕傲讓人可以按圖索驥，看出我們的師徒關係。也正因為如此，只好在我協助編輯《甜星星》和《萌》的時候，一而再再而三「逼供」似地邀請師傅為《信仰書店》添花。

說到出版，其實《信仰書店》是第一本完成的詩集，但卻讓《山海詩》先行出版。主要原因是《信仰書店》的主題是「私我」，作為第一本詩集出版總不免覺得些許自戀且害臊。而後於陳芳明老師主持的「詩人流浪計畫」的助瀾下，便將以「世界」為主題的《山海詩》和《信仰書店》換日偷天。

《信仰書店》中除了詩文以外還涵蓋了歌曲、繪圖、書法，在此我要一一銘謝參與製作這本詩集的人：謝謝秀威出版所有同仁，謝謝編輯彥儒和伊庭耐心協助，更特別感謝宋政坤總經理的青睞，可以讓我在秀威毫無後顧之憂地將書籍作為藝術品雕琢；至於這次的詩集中為〈竊眠者〉引吭的，是我心有靈犀的音樂人好朋友王蓓，在他的歌聲裏可以看見音符般跳躍的精靈，而另一位是經由王蓓的轉介，邀請到董峻老師為〈竊眠者〉量身訂製歌曲，將可愛中藏挾詭譎的氛圍表現得淋漓盡致；而這次的書法極力邀請了自小習字的朋友劉偉男，謝謝偉男不厭其煩地聽我解釋，最終方能完美地展現出每輯最不卑不亢的姿態；還有老戰友繪圖的馥蕓和美編的馥帆，謝謝你們總是不遺餘力地描繪出我的異想世界；最後要感謝家人、摯友詩朋與執手。

另外，值得感謝的是，大學時期在學校幸運得過幾個獎，其中的〈信仰書店〉和〈竊眠者〉都是當時的作品，而後者的日文自譯版也有幸獲得日本北海道函館市民文藝賞小說獎。感謝臺灣的文學風行，一路上都有文學獎的勉勵，讓不自信的我終於能夠不辱前輩的期待，不斷寫字。

雙溪的潺潺流水相伴，大學畢業將臨之際恰逢師傅出版了《海生月》，當時贈予我一句話，在此我要借花獻佛，致在親見無限大的夢想背後是無盡蒼涼後，仍願意相信詩的力量的你們，以及把一生信仰都奉獻給詩的我：

「詩是走回心中惟一的路。」

讀詩人141　PG2530

信仰書店

作　　者　洪逸辰
責任編輯　陳彥儒
圖文排版　陳馥帆
圖文完稿　蔡忠翰
封面設計　陳馥帆
封面完稿　蔡瑋筠
書　　法　劉偉男
插　　畫　陳馥蕓
頭　　像　金行Zack
演　　唱　王　倍
作　　曲　董　峻

出版策劃　釀出版
製作發行　秀威資訊科技股份有限公司
114 台北市內湖區瑞光路76巷65號1樓
電話：+886-2-2796-3638　傳真：+886-2-2796-1377
服務信箱：service@showwe.com.tw
http://www.showwe.com.tw
郵政劃撥　19563868　戶名：秀威資訊科技股份有限公司
展售門市　國家書店【松江門市】
104 台北市中山區松江路209號1樓
電話：+886-2-2518-0207　傳真：+886-2-2518-0778
網路訂購　秀威網路書店：https://store.showwe.tw
國家網路書店：https://www.govbooks.com.tw
法律顧問　毛國樑　律師
總 經 銷　聯合發行股份有限公司
231新北市新店區寶橋路235巷6弄6號4F
電話：+886-2-2917-8022　傳真：+886-2-2915-6275

出版日期　2021年6月　BOD一版
定　　價　320元

讀者回函卡

Printed in Taiwan

國家圖書館出版品預行編目

信仰書店/洪逸辰作. -- 一版. -- 臺北市：釀出版,
2021.06
面； 公分. -- (讀詩人；141)
BOD版
ISBN 978-986-445-452-5(平裝)

863.4 110002066